nickelodeon

Shimmer & Shine

Pide un Deseo

Título original: *Meet Shimmer and Shine*
Primera edición: junio 2017

Publicado por Penguin Random House Grupo Editorial, S. A. U.
Travessera de Gràcia, 47-49. 08021 Barcelona

Realización editorial: MYR Servicios Editoriales S. L.
Adaptación de Daniel Cortés

ISBN: 978-84-488-4754-8
Depósito legal: B-8617-2017
Impreso en Talleres Gráficos Soler, S. A.
BE47548

En las Cataratas de Zahramay, las gemelas **Shimmer y Shine** surcan los cielos en su alfombra mágica.

—¡Hoy vamos a convertirnos en genios! —exclama Shimmer, muy ilusionada.

—¡Reunamos todos los ingredientes para crear una botella de genios! —dice Shine.

—¡Aquí hay uno! —dice Shine, metiendo un pétalo de flor en una brillante caja.

—¡Y otro! —añade Shimmer, y guarda un reluciente castillo de arena en un bote.

Después atraviesan una nube en forma de corazón y se llevan un pedacito.

La alfombra mágica surfea sobre una ola y Shimmer recoge una gota de agua.

—Y el último ingrediente será... —dice Shine, mientras atraviesan el mágico Jardín de las Estrellas Colgantes.

— ¡... la estrella perfecta! —añade Shimmer, y atrapa la estrella más luminosa de todas.

De vuelta a su palacio, las gemelas mezclan todos los ingredientes. Dan unas palmadas y... **¡PUFF!**, ¡aparece una botella de genios!

—¡Es preciosa! —exclama Shimmer—. ¿A quién se la vamos a dar?

—Se lo preguntaremos al Espejo Mágico —contesta Shine.

El espejo se pone a girar hasta que les muestra a la amiga perfecta a la que conceder sus deseos. Las gemelas envían su nueva botella de genios al mundo de los humanos a través del espejo.

¡Ping! La botella cuelga de un fantástico collar en un puesto de feria, donde una chica llamada Leah acaba de ganar un premio.

Leah piensa en quedarse con el collar... o con una elefanta de lunares de peluche..., pero elige un walkie-talkie para su amigo Zac.

—Elige otro premio para ti. Te lo regalo —dice el dueño de la caseta.

—Ooh, gracias —dice Leah—. Me quedo con el collar.

—Es la primera vez que lo veo. ¡A lo mejor hay genios en su interior! —dice el dueño.

Cuando Leah entra en la casa de los espejos, decide frotar la botella... por si acaso.

¡Fiuuuuu! ¡Un remolino de chispas y humo de colores gira a su alrededor!

¡PUFF! ¡Las gemelas genio salen de la botella!

—Encantadas de conocerte, Leah —le dicen, dándole un abrazo.

—Y yo a vosotras —contesta Leah, sorprendida—. ¿Pero quiénes sois?

—¡Soy **Shimmer!** —dice Shimmer, sacudiendo su melena rosa al aire.

—¡Y yo soy **Shine!** —se presenta Shine.

—¡Somos tus genios divinos! —entonan las hermanas—. ¡Estamos aquí para concederte tres deseos al día!

—¡Pide el deseo que quieras y lo haremos realidad! —le explican.

—¡Sois genios de verdad! —exclama Leah, maravillada.

—¿Y cuál va a ser tu primer deseo? —le pregunta Shine.

Leah se acuerda de los elefantes de lunares de peluche de las casetas de la feria.

— Deseo… ¡una elefanta de lunares! —dice Leah.

—¡**Bum Zahramay**! ¡Primer deseo del día! —entona Shimmer—. ¡Shimmer y Shine, una elefanta de lunares divina!

—¡Hala! —exclama Leah—. ¡Pero yo quería una elefanta de juguete, no una de verdad!

—¡Perdón! —dice Shimmer—. Aún somos genios en prácticas, y por eso cometemos errores.

También le explican que debe guardar el secreto sobre sus nuevas amigas genio.

—Pero mi amigo Zac va a volver pronto —dice Leah—. ¡Y una elefanta de lunares no va a ser fácil de esconder!

Las genios llaman Lunarcita a la elefanta y la esconden justo antes de que llegue Zac.

—Ah, estabas aquí, Leah —dice Zac—. ¡Hala, ese arbusto parece un elefante!

—Es verdad —contesta ella, nerviosa.

Zac le dice a Leah que tiene que ir al baño a lavarse.

—Enseguida vuelvo.

Cuando se va, las genios vuelven con Leah, ¡pero Lunarcita ha desaparecido!

Por suerte, las chicas la encuentran en un tiovivo y se montan con ella. **¡Yupiiii!**

Pero Nahal, la tigresa de Shine, toca sin querer los controles del tiovivo, que se pone a girar tan rápido...

¡… que salen todas volando!

Leah intenta levantar a la elefanta.

—Ojalá pudiera mover a Lunarcita —dice.

—¡**Bum Zahramay**! ¡Segundo deseo del día! —dice Shine—. ¡Shimmer y Shine, moved a Lunarcita divina!

¡**PUFF**! ¡Shine concede el deseo de Leah dándole unos patines a Lunarcita!

—Yo quería hacerla andar... ¡no patinar! —dice Leah.

—Oh, me he equivocado —dice Shine.

Leah ve que Zac viene hacia ellas. ¡Pero Lunarcita se va con los patines!

—Tú ve con Zac —dice Shimmer a Leah—. Nosotras iremos a por Lunarcita.

Shimmer y Shine se suben a su alfombra mágica para buscar a Lunarcita.

—¡Elefanta de lunares con patines a la vista! —anuncia Shine.

Leah deja a Zac en una de las atracciones y corre a ayudar a las genios.

—¡Va demasiado rápido! —dice Leah—. ¡Ojalá pudiéramos parar a Lunarcita antes de que se estrelle!

—**¡Bum Zahramay!** ¡Tercer deseo del día! —grita Shimmer—. ¡Shimmer y Shine, detened a Lunarcita divina!

Leah ve su deseo concedido cuando aparece un castillo hinchable frente a Lunarcita.

¡POING! Lunarcita rebota suavemente en el castillo y las chicas empiezan a dar saltos con ella.

—Yo solo quería que Lunarcita parara de patinar..., ¡pero este error es muy divertido! —dice Leah.

De pronto, llega Zac.

—¡Este castillo hinchable con elefante es genial! —exclama, saltando con Lunarcita.

—¡A todo el mundo le encanta nuestra atracción del elefante saltarín! —susurra Shimmer.

—Sí —susurra Leah a su vez, sonriendo.

—Tenemos que irnos, Leah —dice Shimmer—. ¡Pero estaremos contigo siempre que nos necesites!

—¡Gracias, chicas! —dice Leah.

Y, en un abrir y cerrar de ojos, las genios se meten en la botella, listas para vivir su siguiente aventura con Leah.

—**¡Bum Zahramay!** *¡Querer es poder! ¡Pronto nos volveremos a ver!* —cantan las genios.